F. L. Ro(

Des accidents de la dentition

**Tribut académique, présenté et publiquement
soutenu à la Faculté de Médecine de Montpellier,
le 27 août 1838, pour obtenir le grade de docteur
en médecine.**

outlook

F. L. Roch

Des accidents de la dentition

Tribut académique, présenté et publiquement soutenu à la Faculté de Médecine de Montpellier, le 27 août 1838, pour obtenir le grade de docteur en médecine.

Réimpression inchangée de l'édition originale de 1838.

1ère édition 2024 | ISBN: 978-3-38509-497-0

Verlag (Éditeur): Outlook Verlag GmbH, Zeilweg 44, 60439 Frankfurt, Deutschland
Vertretungsberechtigt (Représentant autorisé): E. Roepke, Zeilweg 44, 60439 Frankfurt, Deutschland
Druck (Imprimerie): Libri Plureos GmbH, Friedensallee 273, 22763 Hamburg, Deutschland

MATIÈRE DES EXAMENS.

1er EXAMEN. *Physique , Chimie , Botanique , Histoire naturelle des médicamens , Pharmacie.*

2me EXAMEN. *Anatomie , Physiologie.*

3me EXAMEN. *Pathologie interne et externe.*

4me EXAMEN. *Matière médicale, Médecine légale, Hygiène , Thérapeutique, épreuve écrite en français.*

5me EXAMEN. *Clinique interne et externe, Accouchemens , épreuve écrite en latin, épreuve au lit du malade.*

6me EXAMEN. *Présenter et soutenir une Thèse.*

DES ACCIDENTS
DE LA DENTITION.

TRIBUT ACADÉMIQUE,

PRÉSENTÉ ET PUBLIQUEMENT SOUTENU,

A LA FACULTÉ DE MÉDECINE DE MONTPELLIER, LE 27 AOUT 1838,

PAR

F. L. ROCH,

DE BARCELONE, (*Espagne*),

Bachelier es-sciences, Ex-Chirurgien interne de l'Hôtel-Dieu et de l'Hospice
de la maternité de Lyon ;

POUR OBTENIR LE GRADE DE DOCTEUR EN MÉDECINE.

MONTPELLIER,

CHEZ X. JULLIEN, IMPRIMEUR, PLACE MARCHÉ AUX FLEURS, N.º 2.

1838.

A MON PÈRE

B. ROCH,

Docteur en Médecine, Ex-Médecin des Armées.

L. ROCH.

DES ACCIDENTS

DE LA DENTITION.

La dentition, en prenant cette expression dans son sens le plus étendu, est une fonction composée d'une série de phénomènes successifs que l'on peut rattacher aux quatre chefs suivants : 1° la formation des dents; 2° leur éruption ; 3° leur arrangement à la surface des mâchoires; 4° enfin les changements qu'elles subissent jusqu'à leur chûte naturelle. L'histoire des accidents de la dentition devrait donc comprendre tous les états morbides, qui peuvent naître à l'occasion de chacun des actes de cette fonction. Mais comme la plupart des auteurs décrivent sous le nom de dentition le développement et l'éruption des dents seulement; que ce sont, du reste, les deux actes de la fonction les plus importants à étudier, au point de vue des accidents graves et nombreux qu'ils entraînent si souvent, nous avons cru ne pas devoir donner à ce mot une signification plus étendue, et pouvoir, par conséquent, nous borner, dans cette dissertation, à l'étude des accidents causés par le développement et l'éruption des dents. Nous sommes loin de penser que cette manière d'envisager la question soit exempte de tout reproche, nous prévoyons même que notre travail ainsi restreint offrira encore bien des lacunes et des imperfec-

tions, aussi éprouvons-nous le besoin de le recommander à la
bienveillance de nos maîtres qui voudront bien prendre en con-
sidération le court espace de temps qu'il nous a été permis d'y
consacrer.

Anatomie et Physiologie des Dents.

Avant d'entreprendre l'étude des accidents de la dentition, nous
croyons utile de rappeler aussi brièvement que possible, les points
principaux de l'histoire anatomique et physiologique des dents.

Les *dents*, instruments immédiats de la mastication, sont des con-
crétions osseuses, des ostéïdes implantées dans l'épaisseur des mâchoires. D'après les anatomistes modernes, ces productions long-
temps regardées comme de petits os, appartiennent au système
épidermique et doivent être considérés comme les analogues des
ongles et des poils.

Toute dent se compose de deux parties bien distinctes, l'une
libre qui déborde l'alvéole, c'est la *couronne* ou corps de la dent;
l'autre implantée dans l'alvéole, c'est la *racine :* on donne le nom
de *collet* à l'espèce d'étranglement qui existe au point de réunion
de ces deux parties, et ne répond pas au pourtour de l'ouverture
alvéolaire, mais à quelques lignes plus haut.

Le nombre des dents, différent suivant l'âge, est de vingt, chez
l'enfant de 3 ou 4 ans, dix à chaque mâchoire; et de trente-deux
chez l'adulte, seize pour chaque mâchoire. Il n'est pas rare, cependant d'observer à cet égard des variétés, soit par excès, soit
par défaut.

Relativement à leur forme, à leur position, à leurs usages, on
divise les dents en *incisives*, au nombre de huit, quatre à chaque mâchoire, situées à l'extrémité antérieure du levier repré-
senté par l'os maxillaire, applaties, tranchantes, cunéiformes,
taillées en bec de flûte, destinées à *diviser* les substances alibiles;
elles ont une racine unique, quelquefois bifide à son sommet.

Canines. Au nombre de quatre, deux à chaque mâchoire, placées en dehors des précédentes, une de chaque côté, conoïdes, aiguës, évidées en arrière, destinées à *déchirer;* leur racine unique est plus longue que celle des incisives.

Petites molaires. Au nombre de huit, quatre à chaque mâchoire, placées en dehors et en arrière des canines, deux de chaque côté; cylindroïdes, bicuspidées chez l'adulte, multicuspidées chez l'enfant destinées à *broyer* ; leur racine ordinairement unique est souvent double ou bifide.

Grosses molaires. elles n'existent que chez l'adulte, au nombre de douze, six pour chaque mâchoire, trois de chaque côté, occupant la partie la plus reculée des gouttières alvéolaires, cuboïdes, quadricuspidées ; leur racine est toujours multiple, double ou triple, quelquefois quadruple.

La dernière, appelée aussi *dent de sagesse*, à cause de sa sortie tardive, se distingue des autres en ce qu'elle est moins volumineuse, n'est que tricuspidée, et que ses racines sont ordinairement confondues en une seule. Les grosses molaires, en vertu de leur position et de leur forme, sont propres à broyer les subs_ tances les plus dures.

Structure des dents. Les dents sont formées de deux substances, l'une intérieure molle, *productrice*, organisée, vasculo-nerveuse, appelée *pulpe, noyau dentaire, follicule ou germe*, l'autre intérieure, *produite*, non organisée, calcaire, qu'on nomme l'ivoire, recouverte, à l'endroit de la couronne seulement, par une troisième couche plus dure d'un blanc bleuâtre qui a reçu le nom *d'émail*,

1° *La pulpe dentaire, follicule ou germe*, est considérée aujourd'hui comme une grosse papille dépendante de la muqueuse buccale, et s'élevant du fond de l'alvéole où elle est fixée au moyen des nerfs et vaisseaux dentaires qui lui servent de pédicule et s'épanouissent dans son épaisseur. Ce petit corps, occupant exactement toute la cavité de la dent dont il représente fidèlement la forme, est enveloppé d'une membrane très mince (*membrane du follicule*) qui paraît se prolonger, d'une part sur le pédicule vasculo-nerveux, et de l'autre, revêt le perioste *alvéolo-dentaire*. Cette membrane analogue aux séreuses, offre comme elles l'image d'un véritable sac sans ouverture, à surface externe adhérente, à surface interne libre et en rapport avec elle-même.

2° *L'ivoire, os dentaire*, forme la majeure partie du corps de la dent et toute la racine, il est composé de phosphate et fluate de chaux, de carbonate et phosphate de magnésie, de soude, de cartilage et d'eau.

3° *L'émail* recouvrant la superficie de la couronne se termine en s'amincissant au collet. Sa composition chimique diffère de celle de l'ivoire, en ce qu'il ne contient ni fluate de chaux, ni carbonate de magnésie, ni cartilage.

Les dents qui garnissent la bouche du jeune enfant ne sont point celles qu'il doit conserver toute sa vie, aussi dès l'âge de 6 ans, leur chûte successive commence à avoir lieu, en même temps qu'elles sont remplacées par les dents *permanentes* au nombre de 32, dont vingt analogues aux *temporaires* et huit nouvelles qui sont les grosses molaires première et deuxième. Cette période se nomme *deuxième dentition* et dure de 6 à 14 ans. Enfin, la sortie de la dernière molaire ou *dent de sagesse* vient constituer une *troisième dentition* et s'effectuer entre dix-huit et trente ans.

Développement des dents. Chez le fœtus et chez l'enfant avant l'éruption des dents, la gouttière alvéolaire est fermée par la muqueuse gengivale, surmontée elle-même au niveau de chaque alvéole, par une crête saillante, blanchâtre, fibreuse et dure (*cartilage dentaire*). Ce tissu fibreux envoie dans chaque alvéole un prolongement ou sac membraneux qui en tapisse les parois (*périoste alvéolo-dentaire*) percé à son extrémité inférieure au niveau de l'entrée des vaisseaux et nerfs dentaires.

La membrane du follicule apparaît la première et existe déjà toute formée dans chaque alvéole, dès la fin du quatrième mois de la vie intra-utérine ; pendant les deux premiers mois, ce petit sac ne contient qu'un fluide, d'abord rougeâtre, puis devenant d'un blanc jaunâtre. Vers le troisième mois, un petit corps, mou, arrondi, se

développe à l'extrémité des vaisseaux et nerfs dentaires qui le sou-
tiennent, comme nous l'avons dit, à la manière d'un pédicule, c'est
la pulpe dentaire. Elle s'élève peu à peu du fond de l'alvéole, comme une grosse papille et prend bientôt la forme que doit avoir
la dent, en commençant par la couronne dont elle offre tout d'abord
les diverses saillies et anfractuosités.

La formation de la portion dure, résultat d'une véritable
sécrétion, ne commence que vers le milieu de la grossesse. On voit
paraître de petites écailles qui revêtent d'abord la couronne et sont
uniques ou multiples selon que la dent doit être uni ou multi-
cuspidée; ces petites écailles formées d'une double couche d'ivoire
et d'émail, s'étendent, s'élargissent peu à peu, enveloppent la pulpe
comme un véritable étui éburné, et se prolongent ensuite vers
le pédicule pour former les racines ou l'on ne retrouve plus
que l'ivoire. Cette dernière substance est le produit d'une sécrétion qui a lieu à la surface externe du bulbe, sa formation pro-
cède de dehors en dedans, de sorte qu'à mesure que des couches
internes se surajoutent à celles qui existaient déjà, la cavité occu-
pée par la pulpe se resserre de plus en plus et finit par disparaître tout-à-fait.

L'émail qui paraît exhalé par le feuillet pariétal ou alvéolaire
de la membrane du follicule, se dépose de dedans en dehors.
Presque tous les auteurs admettent que l'ivoire préexiste à l'émail.
Des écailles ont déjà paru sur toutes les dents provisoires du sep-
tième au huitième mois, et ce n'est que dans le courant du neuviè-
me que l'on voit commencer l'ossification des dents permanentes.

Éruption des dents. On a assigné plusieurs causes à la sortie des
dents ; les uns font agir les battements artériels, d'autres la pesan-
teur, quelques-uns la contractilité des fibres du sac, il en est
aussi qui ont pensé qu'il s'établissait une lutte entre la force vitale
de la dent et celle de la gencive. Mais toutes ces hypothèses plus
ou moins déraisonnables sont oubliées aujourd'hui, et l'accroissement
progressif des dents est regardé, par tous les physiologistes modernes, comme la cause principale de leur sortie. En effet, trois ou

quatre mois après la naissance, la couronne est toute formée et la racine qui remplit déjà le fond de l'alvéole continuant à s'accroître, se trouve fortement comprimée et forcée de réagir sur la couronne qu'elle pousse vers la gencive. Mais il n'est pas probable que cette dernière se laisse distendre d'une manière passive et se déchire sous l'influence seule de l'effort de la couronne ; car, dans une multitude de circonstances on voit la membrane gengivale résister, sans se rompre, à de bien plus grands efforts de distension; dans les cas de polypes, par exemple, il paraîtrait, au contraire, qu'au moment où la dent exécute son mouvement ascensionnel, ou même avant, selon quelques uns, le périoste *alvéolo dentaire* et la muqueuse, se confondent pour ainsi dire, en une seule lame qui s'amincit peu à peu, de manière à céder ensuite au moindre effort ou même à s'ouvrir spontanément. Quoiqu'il en soit, la gencive se gonfle, devient rouge, luisante, tendue, finit par blanchir et s'entr'ouvre par autant de points que la dent présente de tubercules. Dès que la couronne a franchi le rebord de l'alvéole, les lames alvéolaires un moment déjetées en dehors reviennent sur elles-mêmes et embrassent étroitement le collet de la dent autour duquel vient s'appliquer également la gencive divisée.

Ordre d'eruption. Les incisives moyennes inférieures paraissent du sixième au huitième mois suivant les uns, du quatrième au dixième suivant d'autres, et sont bientôt suivies des incisives moyennes supérieures. Du huitième au dixième ou du huitième au seizième, apparaissent les incisives latérales, les inférieures également les premières. Il n'est pas aussi facile de préciser l'époque et l'ordre d'apparition des dents suivantes. Quelques uns veulent que les canines se montrent le plus souvent les premières, du quinzième au vingt-quatrième mois; d'autres prétendent qu'il est plus ordinaire de voir paraître les petites molaires antérieures dont ils fixent la sortie du douzième au quatorzième mois. Dans certains cas on voit l'éruption de ces dents avoir lieu simultanément. Enfin, les petites molaires postérieures viennent compléter la première dentition, vers l'âge de deux ans à deux ans et demi, quelquefois trois ans seulement. C'est que la dentition s'effectue chez le plus grand nombre d'enfants; mais on ne doit pas oublier qu'il existe à ce sujet de nombreuses variétés, et que l'éruption peut être précoce au point d'avoir lieu en partie pendant la vie intra-utérine (1), ou bien tardive, incomplète (2), enfin, dans quelques cas rares, tout à fait nulle (3).

L'éruption des dents peut donner lieu à des états morbides locaux ou généraux plus ou moins graves, mais chez la plupart des sujets, l'économie n'est presque pas troublée à propos de la deuxième et troisième dentition, ou bien les accidents qui se manifestent alors sont bien loin de présenter la gravité de ceux qu'entraîne si souvent la première. Aussi sera-t-il spécialement question ici des accidents qui accompagnent le travail des premières dents.

---

(1) On sait que Louis XIV naquit avec deux dents.

Haller cite 19 cas analogues. (Physiol. Tom. VI. P. 19.)

On lit dans la *Gazette de Santé* qu'une dame accoucha, le 15 du mois d'août, d'une fille bien portante offrant à la mâchoire supérieure deux incisives auxquelles il s'en joignit deux autres, de chaque côté, trois jours après sa naissance, ce qui faisait en tout six dents; mais l'enfant mourut de convulsions que détermina cette dentition précoce. (*Gazette de Santé*, année 1780, p. 145).

(2) Van Swiéten parle d'une fille très saine et vigoureuse dont la première dent ne perça qu'à 19 mois. (*Comment. in aphor.* S. 1374. t. IV).

Bayger fait mention d'une fille chez laquelle les quatre canines parurent pour la première fois à l'âge de 15 ans après huit jours de douleurs de tête et d'yeux et de convulsions épileptiques. (Collat. acad. part. étrang. t. 1. p. 401).

Lanzoni cite le fils d'un apothicaire qui n'eut ses premières dents qu'à sept ans et resta muet jusqu'à cette époque.

L'ouvrage de Fauchard contient l'observation d'un enfant de 5 à 6 ans chez lequel la plus grande partie des dents n'avait jamais paru. (Chirur. dent. t. 1.).

On lit dans les Éphémérides qu'un magistrat de Frédérikstad n'avait jamais eu que des dents molaires et point de canines ni d'incisives.

Brouzet cite un enfant de 12 ans qui n'avait que la moitié de ses dents. (Éduc. méd. des Enf. t. 1.

(3) Baumes a connu un huissier à qui il n'est jamais sorti aucune dent. (Traité de la dent. p. 23.).

Accidents de la dentition.

L'époque de la dentition est, sans contredit, la plus orageuse de l'enfance ; car, l'observation nous apprend qu'un dixième et même un sixième des enfants succombe aux terribles accidents qu'elle détermine. Il n'y a cependant ici que l'accomplissement d'une fonction purement physiologique analogue à la puberté, la menstruation, la grossesse, l'accouchement, etc., elle n'entraine, par elle-même, aucun danger et même peu ou point de douleurs lorsqu'elle n'est entravée par aucun obstacle, qu'elle a lieu aux époques fixées par la nature et chez des enfants sains et nourris convenablement. On en voit, en effet, un grand nombre, traverser cette période critique sans éprouver ni douleurs vives, ni derangement notable dans les fonctions. Ils en sont quittes pour quelques troubles passagers, tels que tranchées, dévoiement, salivation, amaigrissement léger, etc. ; de même qu'on voit souvent la puberté, la menstruation s'établir, la grossesse arriver à son terme, l'accouchement même avoir lieu dans quelques cas, sans porter aucune atteinte, au moins appréciable, à la régularité des autres fonctions. Aucun de ces actes n'entraîne donc nécessairement des suites fâcheuses, car la sagesse de la nature serait en défaut si elle avait attaché des dangers inévitables à l'accomplissement d'une fonction dont le but est la conservation de l'individu ou de l'espèce.

La dentition, n'est donc pas une maladie par elle-même, mais elle peut le devenir quand certaines circonstances dépendantes ou non de l'individu la rendent précoce, tardive, ou irrégulière dans sa marche. Elle exerce une influence défavorable lorsqu'elle trouve une prédisposition qui n'attend qu'une cause occasionnelle, pour éclater en maladie ; enfin, elle imprime un caractère fâcheux à certaines affections, la variole, par exemple.

On voit des enfans mettre successivement toutes leurs dents sans donner le moindre signe d'inquiétude ou de souffrance, mais ce ne sont que d'heureuses exceptions et généralement le développement et l'éruption des dents s'accompagnent de phénomènes locaux et sympatiques qui méritent toujours une surveillance attentive et des soins hygiéniques particuliers, souvent même déterminent par leur réunion et leur intensité, un véritable état pathologique qui reclame les secours de la thérapeutique.

Pendant que le corps de la dent se développe, la gencive devient le siége d'une démangeaison, d'une sorte de titillation douloureuse ; l'enfant porte continuellement à la bouche ses doigts, ainsi que tous les corps dont il peut se saisir, pour les placer entre les deux mâchoires, et exercer ainsi sur la geneive une compression qui paraît lui procurer du soulagement. La chaleur de la bouche augmente, la soif s'allume ; l'enfant prend fréquemment le sein de sa mère dont il ne tarde pas à s'éloigner pour y revenir l'instant d'après; son caractère paraît changé, il devient inquiet, impatient, colère, pleure facilement, dort peu et d'un sommeil léger, interrompu, se reveille en sursaut, accusant par ses cris, des terreurs paniques. A mesure que le développement de la dent avance et que son mouvement ascensionnel s'exécute, ces divers symptômes acquièrent un certain dégré d'intensité ; la gencive se tuméfie, paraît soulevée, la démangeaison devient douleur, la salive coule plus abondamment, la soif et la chaleur de la bouche redoublent, l'éréthisme se propage aux parties voisines, les yeux deviennent sensibles à la lumière, les éternûments sont fréquents, les joues présentent une coloration et une pâleur alternatives. Bientôt des phénomènes sympathiques se déclarent, la chaleur devient générale, un mouvement fébrile s'établit, la diarrhée survient, plus rarement la constipation, souvent la sécrétion de l'urine paraît augmentée. Swédiaur dit avoir observé qu'il se fait quelquefois des écoulements puriformes par les parties génitales. Hunter a aussi remarqué que les petites filles sont souvent atteintes de flueurs b'anches, et Gardien a fait la même remarque à l'occasion de la seconde dentition.

Tels sont les phénomènes qui accompagnent ordinairement le travail de la première dentition chez la plupart des enfants, et qui

ne tardent pas à s'amender , puis disparaissent insensiblement dès
que l'éruption a eu lieu. Tels que nous venons de les décrire et tant
que leur intensité ne dépasse pas certaines limites , ils ne méritent
pas, à proprement parler, le nom d'accidents de la dentition , puisque leur présence paraît liée à l'accomplissement normal de cette fonction et que plusieurs d'entr'eux peuvent même être regardés comme
propres à la favoriser. Mais cela n'empêche pas , qu'il faut, comme
nous l'avons déjà dit , les surveiller constamment , de peur qu'ils
n'acquièrent trop d'intensité , et les combattre quand ils sont déjà
trop intenses.

Parmi les moyens qu'on doit mettre en usage pour assurer à
la dentition une issue favorable, il en est qui concernent uniquement
ment l'état de la bouche , et ont principalement pour but de
modérer la chaleur et l'irritation , de calmer la douleur et de
ramollir le tissu des gencives, afin que leur division en devienne plus
facile et moins longue. Rien n'est plus propre à remplir la première
de ces indications , que le contact répété du lait de la nourrice, avec
la muqueuse buccale enflammée, la saveur douce et la température
tiède de ce liquide , les propriétés émollientes et rafraîchissantes
qu'il possède, en font le topique le plus convenable en pareil cas;
aussi doit-il être préféré à tout autre. On calme la douleur par de
douces frictions exercées de temps en temps sur les gencives avec
la pulpe du doigt enduit d'une substance mucilagineuse ou de
gomme arabique édulcorée avec du bon miel, du sirop de violette,
de guimauve , etc. Ces frictions légères appaisent la démangeaison
et rendent la douleur supportable en changeant le mode de sensibilité de la partie et en y déterminant une sorte d'engourdis-
sement. On conseille généralement de se servir , dans le même but,
de petits bâtons de racines de guimauve ou de reglisse , de cire
molle préparée , de figues sèches, etc. , que l'enfant saisit avec
avidité et serre fortement entre les arcades alvéolaires. L'usage
habituel des hochets durs, faits d'ivoire, de verre, de corail, etc, et
destinés aux enfants qui font des dents , est-il nuisible ou utile?
dans ce dernier cas, convient-il également à toutes les époques de

la dentition ? quel est le moment ou il offre quelques avantages ? il règne encore au sujet de ces diverses questions , des avis opposés. Les uns , avec Levret et Moser , en nient tout-à-fait l'efficacité , d'autres prétendent même que ces corps durs souvent promenés et appliqués fortement sur la gencive, ne peuvent que l'endurcir , la rendre calleuse, et produisent ainsi un effet diamétralement opposé à celui qu'on se propose d'obtenir. Cependant, Désessarts, Rosen, Deleuze, s'en sont déclarés les partisans. Il en est qui en restreignent l'usage au temps où la dent est sur le point de percer, pensant que lorsque la gencive est déjà suffisamment amincie, son interposition entre deux corps durs, la dent d'un côté et le hochet de l'autre, doit favoriser sa division en achevant d'user son tissu. D'autres enfin, avec l'auteur de l'article *dentition* du dictionnaire de médecine et de chirurgie-pratique, ne voulent pas, au contraire, qu'on mette des hochets durs entre les mains des enfants au moment où la dent va percer, et n'en conseillent l'usage que pendant qu'elle est encore profondément située dans l'alvéole ; selon eux, ces corps étrangers n'agissent qu'en favorisant, par leur interposition, l'écartement des lames alvéolaires , on ne doit donc en user que lorsqu'ils peuvent s'interposer entre ces lames, c'est-à-dire , avant que la couronne ne soit arrivée au haut de l'alvéole ; plus tard , quand le tissu des gencives est rouge, gonflé, douloureux, ce moyen devenu inutile, ne manquerait pas d'être nuisible en augmentant l'inflammation et la douleur. N'a-t-on pas un peu exagéré de part et d'autre, les avantages et les inconvénients de l'usage des hochets, et cette question mérite-t-elle toute l'importance que quelques-uns ont semblé lui accorder ? D'un côté , il faudrait un usage bien prolongé de ces corps pour rendre la gencive dure et calleuse , et de l'autre, ils ne nous paraissent pas agir bien efficace - ment pour favoriser sa division , à plus forte raison pour écarter les lames alvéolaires. Les avantages qu'ils procurent nous semblent plutôt relatifs à la douleur que l'enfant réussit à calmer momentanément en les serrant avec une certaine force entre les mâchoires.

L'écoulement abondant de la salive, loin d'être un accident est, au contraire, un effet très naturel et très salutaire du travail de la dentition, propre à augmenter la souplesse et favoriser la dilatation des gencives, on doit donc le respecter et solliciter même son retour, s'il venait à se suspendre sous l'influence d'une irritation et d'un spasme trop vifs.

On peut en dire presque autant du flux diarrhéïque. La diarrhée accompagne, en effet, communément la dentition sur laquelle elle paraît influer d'une manière avantageuse ; il ne faut donc pas chercher à la faire cesser, pourvu qu'elle soit modérée, qu'elle ne dure pas depuis trop long-temps, que l'enfant soit fort ; si on la supposait due à un amas de matières saburrales dans l'intestin, il conviendrait d'administrer un léger minoratif, tel que le sirop de fleurs de pêcher, de chicorée, la décotion de pruneaux, l'infusion de rhubarbe, à la dose d'un gros dans un demi setier d'eau, édulcorée et donnée par cuillerées, est un moyen des plus convenables. Enfin, si le dévoiement devenait séreux, colliquatif, et qu'on vit l'enfant dépérir, on devrait se hâter d'y mettre fin, en employant les moyens dont il sera question plus tard.

S'il y a constipation, tension et météorisme du ventre, on a recours aux lavements et aux fomentations émollientes, aux embrocations huileuses sur le ventre; on essaye de faire pousser une selle à l'enfant en le mettant les pieds nus sur le carreau. L'agitation, l'insomnie, les frayeurs soudaines, exigent des soins particuliers et méritent une grande attention, car, ces phénomènes indiquent toujours un état d'exaltation du système nerveux qui peut avoir des suites funestes. En conséquence, l'enfant sera placé dans un appartement retiré, loin du bruit et de la lumière vive, on l'invitera au sommeil en le berçant doucement ; si l'agitation est extrême, on pourra faire usage d'une potion calmante où l'on fera entrer les eaux distillées de tilleul, de fleur d'oranger, le sirop diacode, et dont on administrera une cuillerée de temps en temps.

C'est en usant de pareilles précautions qu'on réussit ordinairement à favoriser la tendance et les efforts salutaires de la nature, toutes les fois qu'une cause puissante n'entrave pas sa marche ; mais lorsque le développement des dents s'effectue avec peine et d'une manière irrégulière. et que leur éruption n'a pas lieu aux époques fixées par la nature, un ou plusieurs des symptômes que nous venons de décrire l'exaspèrent au point de faire naître de graves désordres; dans quelques cas, c'est un état morbide nouveau qui se déclare et qui tend rapidement à une terminaison funeste si l'on ne se hâte d'y opposer les secours de l'art.

Parmi les auteurs qui ont écrit sur les accidents de la dentition, il en est peu qui aient fait une étude sérieuse des causes capables d'entraver cette fonction, et qui sont définitivement la source de tous les dangers qu'elle entraîne. Quelques-uns ont bien entrevu leur influence, mais ils n'ont signalé que l'une d'elles, la plus importante, à la vérité, savoir, la mobilité naturelle à l'enfance. La plupart n'invoquent que des circonstances locales, telles que la compression des nerfs dentaires par les racines, le resserrement de l'alvéole, l'occlusion de sa partie supérieure par une lame osseuse, la dureté et la résistances anormale du tissu de la gencive : aussi en fait de traitement, n'est-il presque jamais question que de moyens curatif, c'est-à-dire, dont on ne saurait faire l'application avant que les désordres n'aient éclaté. Par malheur, l'expérience nous apprend le peu de succès que l'on obtient généralement du traitement curatifs dans les maladies des enfans à la mamelle ; tous les efforts du praticien doivent tendre ici à préserver l'enfant de la maladie, plutôt qu'a la guérir lorsqu'elle existe déjà ; car, alors les chances de réussite sont infiniment moindres. Or, il n'y a que l'étude approfondie des causes prédisposantes et de leur manière d'agir qui puisse servir de base pour établir les indications d'un bon traitement prophylactiques. Cette vérité n'avait pas échappé au génie de Baumes, l'une des nombreuses illustrations de cette école, et c'est lui qui, le premier, en a fait sentir toute l'importance, dans son excellent traité de la dentition auquel nous empruntons la majeure partie de ce que nous allons dire à ce sujet.

»La méthode préservative, dit Baumes, a toujours un grand avantages sur le traitement curatif, l'une prévient les souffrances et

3.

». l'autre en combat les causes. La première maintient en santé le
»corps qui passe par les divers périodes de son développement ;
»l'autre la rétablit, lorsque les désordres ne sont ni trop multiplies,
»ni trop graves. La méthode de préserver est plus sûre et toujours
» agréable, celle de guérir est hasardeuse, et le plus souvent mêlée
de beaucoup de désagrements. (Traité de la 1.ᵉ dentition, pag. 105).

Occupons-nous donc un instant des causes capables de rendre la
dentition difficile. Ces causes sont générales ou locales. Les premières sont la mobilité, les erreurs de régime, une maladie qui trouble
ou arrête la marche de la nature. Les secondes dependent d'un état
anormal des alvéoles et des gencives.

.*Causes générales.* La mobilité est une disposition naturelle à l'enfance et qui imprime un caractère particulier à toutes les maladies
que l'on observe à cette époque de la vie. Elle a pour base , d'un
côté, la sensibilité exquises des solides à l'action des agents suscep-
tibles de les affecter , et leur promptitude à y obéir, et de l'autre, la
facilité avec laquelle les fluides cèdent à l'effort qui provoque leur
mise en mouvement. C'est elle qui détermine dans l'organisation en-
fantile cette susceptibilité nerveuse et cette activité du mouvement
circulatoire si propres à faire naître les accidents qui nous occupent.
En vertu de cette disposition, développée chez certains sujets au
point de devenir un véritable état pathologique , aussitôt qu'un
point quelconque de l'organisme est en proie à une irritation même
modérée , il s'opère une sorte de retentissement dans tout le système, des sympathies nombreuses sont mises en jeu , l'éréthisme
se transmet au loin , la sensibilité générale s'accroît, et des troubles
multipliés éclatent de toute part, annonçant la participation de
l'économie toute entière à l'affection locale. D'après cela, on conçoit
facilement que chez les enfants excessivement mobiles, le travail de la
dentition qui appelle vers les mâchoires et les gencives un surcroît de
vitalité, un afflux considérable de liquides doit être inévitablement
l'occasion de divers états morbides qui, à leur tour, réagissent défa-
vorablement sur ce travail lui-même. Il est donc de la plus haute
importance de combattre à l'avance une pareille prédisposition
puisqu'elle présage toujours une dentition difficile.

Pour cela il est essentiel d'observer que la mobilité se rencontre dans deux états opposés des tissus organiques, ou avec le relâchement et la faiblesse, ou avec la tension et l'éréthisme. La mobilité asthénique a pour attributs corporels, l'empâtement et la mollesse des chairs, la blancheur matte de la peau, un défaut naturel de chaleur générale, de vivacité, la tendance au sommeil, en un mot, c'est le tempérament lymphatique dans toute son extension. Elle réclame un air pur et vif, les frictions sèches sur tout le corps, les lavages et les bains froids employés avec prudence et discernement, une nourriture animale, enfin un régime fortifiant.

La mobilité sthénique tient plutôt du tempérament bilieux, sanguin et se rencontre avec des conditions d'organisation opposées aux précédentes. Ce sont des formes déliées, des chairs résistantes, une coloration habituelle et quelquefois une légère teinte jaune de la peau, vivacité, pétulance, humeur revêche, peu de tendance au sommeil. Ces enfants doivent être exposés à un air un peu humide, user d'une nourriture végétale, de bains tièdes; on veillera à ce qu'ils aient toujours le ventre libre; la nourrice trempera son vin, évitera les liqueurs spiritueuses, les épices, les salaisons. Tout doit concourir ici à diminuer l'éréthisme pour vaincre la mobilité.

Un régime vicieux altère la constitution et par là même, engendre des accidents à l'époque de la dentition; le raisonnement seul conduit à cette vérité, qui s'appuie, du reste, sur des faits nombreux, il importe donc de donner à l'enfant une nourriture convenable si l'on veut le mettre à l'abri des dangers qui l'attendent dans le cas contraire. En général, le lait de sa mère ou de sa nourrice est pour lui le meilleur aliment et il n'a ordinairement besoin d'aucun autre; mais il faut que ce lait soit de bonne qualité, et de plus, que sa qualité soit celle qui convient à l'âge et à la constitution de l'enfant. L'enfant est-il jeune, ou fort et pléthorique, il a besoin d'un lait léger, séreux, facile à digérer, peu chargé de principes nutritifs; lorsqu'il est plus âgé, au contraire, ou si sa constitution est faible, il lui faut un lait moins aqueux et plus chargé de principes nutritifs. Dans tous les cas, la nourrice ne doit accorder son lait qu'avec une certaine sobriété et en régler la quantité, sur l'état de santé de l'enfant, la force de sa constitution, la nature de ses déjections alvines ; elle doit autant que possible l'habituer de bonne heure à ne prendre le sein qu'à des intervalles réglés et ne pas l'y laisser trop long-temps.

L'enfant doit toujours être allaité le plus long-temps possible, au moins jusqu'à ce que la dentition soit fort avancée. Si le lait de la nourrice ne suffisait pas, on pourrait y ajouter un peu de bouillie de pain léger ou un mélange de lait de vache et d'émulsion d'amande douces; les crèmes de riz bien claires sont encore très convenables, de même que les soupes faites avec la farine d'orge, de gruau, ou même de froment.

Quant aux maladies qui peuvent influer d'une manière défavorable sur le travail de la dentition, les principales sont l'asthénie radicale, les scrophules, le carreau, la syphilis et surtout le rachitisme. Chacune d'elles a un mode d'action particulier pour troubler la fonction qui nous occupe, et ce serait sans doute ici le lieu de les étudier sous ce point de vue, si nous ne craignions d'être entraînés au-delà des limites que nous avons dû nous imposer.

Causes locales. Ce sont le resserrement de l'alvéole, son occlusion par une lame osseuse, et la dureté anormale des gencives.

La première de ces causes ne saurait être combattues avec efficacité et l'on est obligé de se borner à calmer la douleur qu'elle fait naître.

Si l'on s'appercevait que le haut de l'alvéole fut fermé par une lame osseuse, on mettrait celle-ci à découvert et on essaierait de l'enlever avec des pinces fines ou de forts ciseaux, en produisant le moins de dégâts possible; enfin, si la gencive devenue dure, calleuse, tarde trop à se diviser, on a recours à l'incision sur laquelle nous nous entendrons tout à l'heure.

Des accidents de la dentition en particulier.

Nous considérerons comme accidents de la dentition : 1° la douleur; 2° l'inflammation de la bouche et des gencives; 3° la salivation; 4° le vomissement; 5° le dévoiement; 6° la constipation ; 7° les convulsions.

De la douleur. C'est de tous les accidents de la dentition , celui qui se rencontre le plus fiéquemment, on peut dire même qu'il existe toujours, mais souvent à un degré si modéré que l'enfant ne témoigne aucune souffrance. Dans d'autres cas, au contraire, elle acquiert assez d'intensité pour constituer un accident grave. On la considère généralement comme la cause principale et première de tous les troubles qui surviennent pendant la dentition. Mais les auteurs ne sont pas d'accord quand il s'agit d'en déterminer le siége et la cause. Van Swiéten l'attribue à la distraction des tables de l'alvéole; Antoine Petit et un grand nombre d'autres, à la distension du périoste alvéolo-dentaire. Unverwood et Sacombe, au tiraillement de la membrane qui recouvre la dent. Sabatier, Bertin, la font provenir surtout de la compression exercée par les racines sur les nerfs dentaires. Sans admettre ni rejeter exclusivement l'une ou l'autre de ces opinions, il nous parait naturel de penser avec Gardien , que la distension des membranes qui recouvrent l'alvéole, n'est pas toujours indispensable à la production de la douleur , puisque les désordres et les symptômes les plus graves précèdent quelquefois de trois semaines et même un mois la sortie de la dent ; et que pour expliquer l'intensité des douleurs dans certains cas, il faut admettre l'action réunie de plusieurs des causes que nous venons d'énumérer , et notamment de la compression des nerfs par les racines jointe au tiraillement du périoste alveolo-dentaire et de la gencive. Il faut dire aussi que toutes choses égales, d'ailleurs , la douleur est d'autant plus vive et ses effets plus fâcheux , que le sujet est plus irritable et doué d'une plus grande mobilité Les moyens que l'on emploie pour combattre la douleur, rentrent dans le traitement de l'accident que nous allons examiner.

Inflammation de la bouche et des gencives. Cet accident s'observe plus particulièrement chez les enfans pléthoriques ou faibles et nerveux. Les gencives se tuméfient de bonne heure, deviennent rouges, chaudes, tendues , douloureuses. La salivation ordinaire

ment très - abondante , se suspend quelquefois , la bouche est
sèche, la soif ardente. Les glandes salivaires s'engorgent, l'enfant
ressent à la gorge une douleur vive, s'étendant à l'oreille. L'inflammation occupe toute la cavité buccale , des aphtes apparaissent
souvent sur la muqueuse , s'étendent à l'œsophage, et dans quelques
cas, à l'estomac et aux intestins. L'éréthisme se propage par voie
de continuité à toutes les parties de la face ; les yeux sont bouffis ,
rouges, quelquefois d'une sensibilité extrême à la lumière (1), il
s'en écoule une sérosité âcre ; des éternuements fréquents annon-
cent l'irritation de la membrane pituitaire ; une toux sèche et fati-
gante vient souvent indiquer que la muqueuse bronchique est
affectée aussi; il y a augmentation de chaleur générale , rougeur
des pommettes, fièvre continue ou intermittente et très irrégulière;
état de somnolence, d'assoupissement, interrompu par des cris ,
des soubresauts.

Cet état que l'on a vu se terminer par suppuration et par gangrène
exige l'usage répété des boissons adoucissantes et relâchantes ; la
bouche de l'enfant sera souvent humectée par le lait de sa nourrice;
s'il y a chaleur excessive, assoupissement, menace de congestion
cérébrale , de convulsions , on aura promptement recours aux déri-
vatifs , tels que pédiluves simples ou composés , cataplasmes émollients légèrement synapisés, appliqués aux extrémités inférieures. Un
moyen très efficace en pareil cas est l'application de trois ou quatre
sangsues derrière chaque oreille ; on entretiendra en même temps la
liberté du ventre par des lavements émollients et de doux laxatifs,
si cela est nécessaire, et on combattra activement la constipation si
elle existe, car c'est à elle que sont dus bien souvent les accidents les
plus graves. Si l'on reconnaît dès l'abord un état saburral des pre-

_____

(1) Chez un enfant de huit mois qui éprouvait depuis quelque temps du mal-
aise, de la constipation et qui bavait beaucoup, les yeux, sans être rouges,
devinrent d'une sensibilité si vive, que l'enfant les tenait constamment fermés,
et que la pupille était dans un état de contraction permanente; au onzième mois,
la première dent perça et les yeux reprirent aussitôt leur sensibilité normale.

mières voies, les évacuants, vomitifs ou purgatifs, selon le cas, doivent précéder tous les autres moyens. Enfin, si l'exaltation du système nerveux joue un rôle important, les calmants et les antispasmodiques sont indiqués. Trop souvent, cependant, tous ces moyens échouent, les symptômes s'aggravent, le danger va toujours croissant et la maladie tend à une terminaison funeste si l'éruption des dents n'a pas lieu. Alors quand la gencive est fortement distendue et comme soulevée, sur un de ses points, par la couronne de la dent, il faut recourir à son incision.

Cette petite opération a eu ses détracteurs et ses partisans. Au nombre des premiers sont Van Swiéten et le Camus qui en nient complètement l'efficacité. Le dernier invoque même une observation de Tulpius, pour prouver qu'elle peut avoir les suites les plus graves et même occasionner la mort. D'un autre côté Ambroise Paré, Guillemeau, Lieutaud, Desessarts, Brouzet, Deleurye, Baumes, (1) s'appuient sur des observations autentiques pour regarder cette opération comme très efficace dans certains cas et nullement dangereuse. Le plus grand nombre veut qu'on n'y ait recours que pour les dents molaires et lorsque tous les autres moyens ont échoué; car, en la pratiquant trop tôt on s'expose à ouvrir la capsule dentaire avant que l'ossification soit parfaite, et à retarder ainsi le travail au lieu de l'avancer.

Il paraît démontré aujourd'hui que l'incision des gencives est une ressource précieuse et dernière que l'on serait blâmable de ne pas mettre en usage, lorsque tous les moyens ayant échoué, l'enfant paraît voué à une mort certaine. La cessation de la dou-

(1) Un enfant après avoir beaucoup souffert de ses dents, mourut et fut mis au suaire; M. Lemonnier ayant affaire chez la sevreuse où cet enfant avait perdu la vie, après avoir rempli son objet, fut curieux de connaître l'état des alvéoles dans un cas où l'éruption des dents n'avait pu se faire. Il fit une grande incision sur les gencives, mais au moment où il se préparait à poursuivre son opération il vit l'enfant ouvrir les yeux et donner des signes de vie. M. Lemonnier appelle du secours, on débarasse l'enfant de son suaire, on lui prodigue des soins, les dents sortent et l'enfant recouvre la santé. (Trait. des Couvuls. p. 250. 2.me édit.).

leur. et le dégorgement du tissu de la gencive , en sont les effets immédiats. Toutes les fois que les symptômes sont graves et menaçants, que la douleur et l'éréthisme durent depuis long-temps, qu'il y a tuméfaction, élévation, soulèvement, tension de la gencive sur un ou plusieurs de ses points, et que le resserrement du corps de l'alvéole indique que la dent s'est élancée, et que les membranes qui la recouvrent sont le seul obstacle à sa sortie, l'opération est indiquée.

Baumes paraît redouter , cependant , l'augmentation de la douleur et l'hémorrhagie, si l'on est obligé d'opérer quand les gencives sont fort tuméfiées et l'inflammation à son summum d'intensité, Ces craintes sont-elles bien fondées? Quelques faits dont nons avons été témoin nous portent à les regarder au moins comme exagérées.

Du reste , l'opération est fort simple. La tête de l'enfant étant assujetie par un aide, l'opérateur écarte les mâchoires avec les doigts d'une main et porte de l'autre sur la gencive un bistouri mousse, à lame étroite, non tranchante dans ses trois quarts postérieurs , ou enveloppée d'une petite pièce de linge jusqu'à un demi pouce de sa pointe : rarement une simple incision suffit , le plus souvent on doit inciser crucialement et chaque incision doit empiéter sur la gencive qui recouvre le haut des lames alvéolaires ; enfin dans certaines circonstances, la douleur et les accidents n'ont été calmés, que lorsque les lambeaux de la petite plaie ont été relevés et coupés avec des ciseaux fins , de manière à ce que toute la couronne de la dent fût parfaitement libre et à découvert. On prévient l'hémorrhagie et l'inflammation consécutives en promenant sur la gencive un petit pinceau trempé dans l'oxicrat ou le miel rosat.

De la Salivation. Loin de constituer un accident , la salivation est, comme nous l'avons déjà dit, une circonstance favorable , un moyen de soulagement fourni par la nature elle-même. De tous les symptômes de la dentition, celui-là est le seul dont on puisse dire que sa suppression entraîne toujours des suites fâcheuses, c'est la cessation ou même seulement la diminution de la sécrétion salivaire qui constitue l'accident, en occasionnant le gonflement des parotides, , l'ardeur de la gorge, la rougeur de la face, la bouffissure des yeux, etc., etc. Il faut donc l'entretenir avec soin quand elle se fait avec une certaine activité, et chercher à la rétablir quand elle se suspend. On remplit la première indication en tenant l'enfant chaudement, en veillant à ce qu'il ait la bouche souvent humectée ou par le lait de la nourrice, ou par des boissons adoucissantes. Quant à la seconde, pour y satisfaire d'une manière rationelle, il faut se rappeler qu'un des effets de l'irritation modérée sur les organes sécrétoires est d'activer la sécrétion et que l'irritation extrême, au contraire, en diminue l'énergie ou même la suspend tout-à-fait; il s'agit donc d'entretenir dans les organes salivaires un degré d'excitation convenable. On y réussit au moyen des lotions faites sous les mâchoires avec l'huile chaude, des lotions mucilagineuses dans l'intérieur de la bouche; et s'il y a inflammation très vive avec spasme, il faut recourir aux antiphlogistiques directs et surtout aux applications de sangsues.

Du vomissement. Le vomissement est un symptôme qui n'accompagne pas toujours la pousse des dents. Il peut dépendre ou d'une simple exaltation de la sensibilité de l'organe, c'est-à-dire, être purement spasmodique, ou bien de l'inflammation des gencives ou de l'estomac lui-même, ou enfin être dû à un état saburral.

Dans tous les cas, l'enfant doit être mis souvent au sein et prendre peu de lait à la fois. On conseille également les frictions sèches sur l'épigastre avec des linges chauds et parfumés, les onctions et les frictions avec les huiles nervines et carminatives, les teintures de camphre et d'opium. Si le vomissement est purement nerveux, on usera avec succès des calmants et des antispasmodiques. Dans le cas où il paraît plutôt dépendre de l'état inflamatoire des gencives ou d'une légère phlegmasie de la muqueuse gastrique elle-même; il faut avoir recours aux applications de sangsues derrière les oreilles ou au creux de l'estomac. Enfin, s'il existe un véritable état bilieux, les évacuants doivent avoir la préférence.

Du devoiement. Bien que l'absence du devoiement ne puisse pas, comme celle de la salivation être considérée comme un accident, toujours est-il que la présence de ce symptôme, quand il existe à un degré modéré, est plutôt favorable que nuisible au travail de la dentition, l'observation nous apprend, en effet, que les enfants qui ont la diarrhée et qui bavent beaucoup font leur dents avec plus de facilité que les autres. La liberté du ventre paraît donc être une des conditions les plus favorables à l'accomplissement facile de la dentition. Si le dévoiement est modéré, les matières, jaunâtres, assez bien liées, pas trop fétides, on ne doit rien entreprendre pour l'arrêter ; dans le cas contraire, lorsqu'il devient verdâtre, séreux, colliquatif, que l'enfant maigrit et s'épuise, il faut se hâter d'y mettre fin.

On emploiera, à cet effet, les demi lavements émollients, mucilagineux, quelques doux laxatifs, tel que l'eau de casse, de rhubarbe, la décoction de pruneaux.

« Si ces moyens bien propres à nettoyer les premières voies des matières qui y causent tant de désordres, ne remplissaient point entièrement les vues que l'on se propose, on aurait recours à l'ipécacuanha dont quelques grains suffiront pour obtenir un vomissement modéré ; le vomissement dégage l'estomac, les premiers intestins, et imprime à toute leur masse une secousse de laquelle dépend souvent la cessation du dévoiement. » (Baumes).

Le même auteur recommande de n'employer les astringents qu'avec la plus grande circonspection, car ils peuvent avoir des suites funestes en déterminant la constipation, l'irritation, le spasme, l'inflammation et même la gangrène du tube intestinal.

De la Constipation. La constipation est un accident trop redoutable pendant la dentition, pour qu'on ne mette pas tout en œuvre pour le vaincre. Un lait trop vieux l'occasionne souvent, on le remplace alors par un lait jeune et séreux. L'enfant sera souvent baigné dans l'eau tiède ; on administrera des purgatifs doux et huileux, tels que la casse, la manne, l'huile d'amandes douces l'huile récente de ricin (1). S'il y a tension du ventre, météorisme, tranchées. Les *frictions* huileuses, les fomentations et lavements émollients, trouvent alors leur application.

Des Convulsions. La convulsion est la perversion des mouvements qui ont pour agents les muscles soumis à l'empire de la volonté; tandis que *le* nom de *spasme* est reservé à la perversion des mouvements involontaires ou qui appartiennent à la contractilité organique. On distingue la convulsion *tonique* ou *tonisme*, c'est-à-dire, dans laquelle il y a contraction permanente comme dans le tétanos, le trisme, etc., et la convulsion *clonique, clonisme,* caractérisée par la contraction et le relâchement alternatifs, violents, involontaires des muscles qui ne se contractent habituellement que sous l'influence de la volonté. Cette dernière espèce, plus particulièrement appelée *convulsion* est celle dont il sera question ici, comme la seule qui dépende ordinairement du travail de la dentition.

Les convulsions qui se manifestent pendant la dentition reconnaissent pour causes toutes celles qui peuvent entraver la marche de cette fonction et rendre son accomplissement difficile. Parmi elles, nous signalerons spécialement la grande mobilité du système nerveux. On sait que cette mobilité naturelle chez les enfans, est souvent portée à un degré voisin de l'état pathologique. De là aux convulsions il n'y a qu'un pas. La dentition ayant pour effet d'augmenter la mobilité dont nous parlons, prédispose par elle-même, l'enfant aux convulsions, lors même qu'elle parcourt ses périodes avec régularité. La cause immédiate est la douleur.

Quoique les convulsions qui se manifestent pendant le travail de la dentition soient, la plupart du temps, sous l'influence de ce dernier, le médecin ne doit jamais oublier qu'elles peuvent provenir de toute autre cause; ainsi la pléthore sanguine, divers états patholo-

---

(1) Cependant Baumes remarque qu'il est des cas où la constipation est due à un engouement muqueux du bas-ventre et qui exigent l'emploi de purgatifs incisifs. Il conseille, dans ce but, un mélange de calomel et d'oxide d'antimoine légèrement camphré et sucré.

giques du cerveau, les affections vermineuses, une frayeur, un mouvement de colère de la nourrice, si elle donne le sein immédiatement après, et bien d'autres circonstances encore peuvent les occasionner. Celles qui sont véritablement le résultat de la dentition ne surviennent pas avant le 4ᵉ ou 5ᵉ mois après la naissance et s'observent ordinairement chez les enfants nerveux, tantôt foibles, pâles, maigres, irritables, tantôt, au contraire, forts et pléthoriques. Cette affection est plus fréquente et plus grave, en été et dans les climats chauds, que dans les saisons et les climats froids. Les convulsions sont rarement continuelles, elles reviennent par accès dont la durée est variable et qui sont séparés par des intermissions plus ou moins longues. Elles peuvent être générales ou partielles, se déclarent quelquefois subitement; mais sont ordinairement précédées de symptômes précurseurs qui peuvent faire pressentir leur apparition prochaine.

L'enfant qui est menacé de convulsions dort peu, son sommeil est agité, souvent interrompu par des terreurs paniques, des cris, des soubresauts; il est souvent plongé dans l'assoupissement ou dans un état de somnolence intermédiaire au sommeil et à la veille; alors ses yeux sont tantôt fixes et ouverts, tantôt demi-fermés, la prunelle cachée sous la paupière supérieure; la respiration est inégale, quelquefois suspirieuse; il éprouve des tressaillements à tout instant, retire ou agite brusquement un membre pour la cause la plus légère et souvent spontanément, il change fréquemment de couleur, fait entendre des grincements de dents, etc.

Les convulsions constituent un accident qui peut avoir les suites les plus funestes, cependant dans beaucoup de cas, elles sont plus effrayantes que dangereuses. Ainsi, quand elles se bornent aux muscles du visage ou des bras, que les accès sont courts, et que l'enfant reprend son état ordinaire immédiatement après, le pronostic n'est pas grave. Dans le cas contraire, quand elles sont générales, que les accès sont longs et rapprochés, surtout si la sensibilité est nulle pendant leur durée; elles réclament des moyens prompts et actifs ; car, dans le cas où l'enfant ne succombe pas, elles peuvent déterminer des lésions graves, telles que fractures, luxations, etc. , ou des maladies incurables, comme la paralysie, l'idiotisme, et une foule d'autres.

Il est facile de pressentir, d'après ce que nous avons dit, que les calmants et les antispasmodiques doivent jouer un grand rôle dans le traitement ; cependant, ils sont loin de suffire à toutes les indications. Les plus efficaces sont : le sirop diacode, une ou deux cueillerées tous les soirs ; le sirop d'armoise, l'oxide de zinc que l'on combine avec la thériaque, l'extrait de coquelicot, le sirop de nymphæa, s'il y a irritation intestinale;on a encore vanté le camphre, le musc dans les mêmes circonstances, et quelques observations paraîtraient propres à établir l'efficacité du phosphore. De plus, comme les convulsions sont ici sympathiques et sous l'influence de l'état d'inflammation des mâchoires et de la bouche , pour les attaquer dans leur cause première, on a recours aux topiques émollients, tels que le miel , aux frictions huileuses au tour du cou et des mâchoires ; si la sécrétion de la salive est considérablement diminuée ou suspendue, on a conseillé l'usage des frictions mercurielles pour la rappeler.

Lorsque l'enfant est pléthorique , qu'il a la face rouge, animée , il faut avant tout avoir recours aux évacuations sanguines. Les praticiens ne sont pas d'accord sur la question de savoir, si dans ce cas , la saignée générale convient mieux, ou si c'est la saignée locale par les sangsues. Dehaën et d'autres se sont déclarés pour la saignée générale ; Désessarts veut qu'elle soit faite au pied, mais outre que cette saignée est d'une exécution très difficile chez les enfans; les sangsues appliquées surtout derrière les oreilles, sont généralement préférées aujourd'hui. Nous ne répéterons pas qu'il faut veiller sans cesse à la liberté du ventre , nous avons déjà dit plusieurs fois combien la constipation est dangereuse et propre à produire à elle seule les convulsions. Gardien recommande l'emploi des vésicatoires appliqués derrière les oreilles, puis au bras , comme produisant une révulsion très utile; il conseille également les bains tièdes où l'enfant sera plongé pendant dix ou douze minutes, trois ou quatre fois par jour, l'application des briques chaudes sous la plante des pieds. Quand ces divers moyens ont échoué, si la gencive est fortement tuméfiée; comme soulevée par la dent, blanchâtre sur un de ses points, il faut en opérer l'incision.

Accidents causés par l'éruption des dents permanentes. L'éruption des dents permanentes n'entraîne ordinairement aucun accident, cependant on en observe quelquefois, ce sont, le plus souvent, des névralgies des otites, des fluxions, etc. On a vu aussi la chorée, l'épilepsie, être le résultat d'une seconde dentition difficile, et cesser après l'éruption. Mais, en général, les accidents sont ici purement locaux, et quelle que soit leur intensité, il est très rare que la sensibilité générale en soit exaltée au point de déterminer ces troubles fonctionnels que l'on observe si souvent pendant la première dentition, ce qui dépend, sans doute, des modifications que l'âge apporte à la constitution et au tempérament des sujets. C'est surtout l'éruption tardive et difficile de la dent de sagesse qui donne quelquefois lieu à des symptômes locaux intenses, dûs presque toujours à un état contre nature de l'alvéole ou de tissu des gencives, c'est aussi dans ce cas que l'incision est suivie des plus heureux effets, comme nous avons eu occasion de nous en convaincre par nous-même.

ANATOMIE ET PHYSIOLOGIE.

DE LA CHUTE NATURELLE DES DENTS.

Les dents tombent naturellement à deux époques différentes de la vie. De 6 à 14 ans, a lieu la chûte naturelle des dents temporaires, remplacées successivement par les permanentes. A une époque plus ou moins avancée de la vieillesse, les dents permanentes tombent elles-mêmes, pour n'être plus remplacées. On a expliqué de diverses manières, le mécanisme au moyen duquel les dents temporaires sont chassées de leurs alvéoles, et il a été émis à ce sujet un assez grand nombre d'hypothèses dont la plupart sont tombées dans l'oubli ; aujourd'hui même toutes les incertitudes ne sont pas encore dissipées sur ce point. Ce n'est qu'en faisant à cet acte physiologique l'application des lois que la nature suit constament dans toutes les autres évolutions organiques, qu'on peut expliquer rationellement le phénomène dont il s'agit. La compression exercée sur les racines de la dent de lait, par la dent permanente correspondante, joue bien ici un certain rôle, mais, ce n'est pas le plus important, c'est surtout à l'absorption graduelle de la substance des racines qu'est due la chûte de la dent.

En effet, on sait que les follicules des dents permanentes sont placés vis-à-vis et derrière chaque dent temporaire correspondante ou à peu près. Ces deux organes sont séparés par une lamelle osseuse intermédiaire qui divise chaque cavité alvéolaire en deux compartiments, l'un antérieur pour la dent temporaire l'autre postérieur pour la dent permanente. Lorsque l'époque assignée par la nature à la chûte de la dent temporaire est près d'arriver, il s'établit autour d'elle un travail organique qui tend à en opérer l'expulsion ; le périoste alvéolo-dentaire, les vaisseaux, la pulpe elle-même, deviennent des organes de destruction par l'absorption active qu'ils exercent ; sous l'influence de ce travail d'absorption, la racine diminue peu à peu d'épaisseur de l'extérieur à l'intérieur ; d'un autre côté, le canal qui la parcourt s'élargit ; elle devient de plus en plus mince, plus courte et finit par disparaître, la couronne seule conservant toutes ses dimensions. Dans cet état, la dent n'étant plus fixée dans l'alvéole, par la racine, devient vaccillante, la moindre compression suffit pour l'expulser tout à fait ; or, cette compression est exercée par la dent permanente qui croît à mesure que l'autre s'atrophie, ces deux évolutions en sens contraire étant liées l'une à l'autre et s'opérant simultanément. La dent permanente, en se développant, agit d'abord sur la lame qui sépare les deux compartiments de l'alvéole, finit par la détruire et comprime alors directement la dent temporaire, favorise ainsi son expulsion. Dès que cette première est tombée, la cavité alvéolaire devenue trop spacieuse se resserre d'arrière en avant, c'est-à-dire, que la table postérieure de l'os maxillaire se porte en avant et pousse ainsi la dent permanente dans l'alvéole abandonnée par la dent de lait. La chûte des dents temporaires ne s'opère pas d'une manière continue mais éprouve ordinairement diverses interruptions assez fixes. Ainsi ce sont d'abord les incisives qui tombent de 7 à 9 ans; ce n'est que dans le courant de la dixième année que s'opère la chûte et le remplacement de la première petite molaire suivi bientôt de la canine, enfin de 11 à 14 ans apparaissent la seconde petite molaire et les deux grosses antérieures; la troisième postérieure, ou dent de sagesse ne se montrant que beaucoup plus tard.

Chez le vieillard, la chûte naturelle et définitive des dents s'effectue en vertu des circonstances suivantes: à mesure que de nouvelles couches de substance corticale se forment à la surface de la pulpe dentaire, celle-ci diminue d'autant, de sorte que peu-à-peu la cavité de la dent et la pulpe qu'elle contient, se resserrent toujours davantage et finissent par disparaître. Dès lors les vaisseaux dentaires s'oblitèrent, la dent cesse de croître, elle ne conserve plus avec les parties voisines que des rapports de contiguité, devient un véritable corps étranger s'ébranle et tombe. Bientôt après, les parois de l'alvéole vuide se resserrent, se rapprochent; son contour s'abaisse et au bout de quelque temps le procès alvéolaire a tout à fait disparu. Chez les vieillards qui ont perdu leurs dents, au moins en grande partie, toute la portion des os maxillaires correspondante aux alvéoles n'existe plus, les dimensions en hauteur du corps de l'os maxillaire inférieur diminuées de moitié, les branches se portent en arrière et reprennent la direction qu'elles avaient dans l'enfance, enmême temps le tissu de la gencive, durcit, et devient calleux de sorte que bien que privé de ses dents, le vieillard peut encore diviser, mais surtout broyer les substances alibile au moyen du rebord osseux qui a succédé au rebord dentaire.

SCIENCES ACCESSOIRES.

DONNER LES CARACTÈRES GÉNÉRAUX ET PRINCIPAUX DES HELMINTHES OU VERS INTESTINAUX DE L'HOMME ET LEURS PRINCIPALES CLASSIFICATIONS.

Les anciens appelaient du nom de *vers*, tous les animaux de peti-tes dimensions, dont le corps est allongé et mou, et ils les divisaient en *ronds et longs, courts et ronds, plats et larges*. Linné le premier, a réuni sous ce nom cinq ordres d'animaux différents, qui sont : 1° les vers intestins; 2° les mollusques; 3° les testacés; 4° les lithophytes; 5° les zoophytes. Le premier de ces ordres contient tous les animaux décrits depuis sous le nom de vers, excepté le ténia qui se trouve dans les zoophytes, et l'on y voit non seulement les vers extérieurs confondus avec les intérieurs, mais encore le *lombric de terre* avec le *lombric intestin*. Dumeril sépare les vers intestinaux des autres, sous le nom d'*helminthes*, et les distingue en vers cylin-driques, vers plats et vers vésiculaires.

M. de Lamarck divise les vers intestinaux de Linné en *extérieurs* et en *intérieurs*, essentiellement différents d'organisation et ne se trou-vant jamais dans les mêmes lieux. Les premiers sont les *annélides*, et les seconds les vers *intestinaux*. Ces derniers se subdivisent encore en ceux qui habitent l'épaisseur de nos tissus, et ceux qu'on ne trouve que dans le tube intestinal, dont nous allons donner la classification la plus exacte.

Caractères de la classe. Animaux sans vertèbres, corps allongé, mou, contractile, articulés ou partagés par des rides transversales plus ou moins distinctes, ne subissant point de métamorphoses et n'habitant que dans les animaux; point de cerveau, ni d'organes des sens, presque tous dépourvus de nerfs; point d'organes respira-toires ni de vaisseaux circulatoires. Organes de mouvement manifeste; dans la plupart. Canal intestinal étendu de la bouche à l'anus, avec ou sans renflements distincts; organes sexuels séparés en général, réunis chez quelques uns. Tous ces caractères ne s'observent que dans les vers cylindriques et dans les vers plats. Dans les vers vésiculaires on ne retrouve rien de distinct.

Les vers qui habitent le tube intestinal de l'homme appartiennent aux cylindriques ou aux plats.

Ces deux subdivisions comprennent cinq genres qui sont :

1°	Le genre	Lombricoïde ;	
2°	Id.	Ascaride ;	Vers cylindriques.
3°	Id.	Tricocéphale ;	
4°	Id.	Botriocéphale ;	Vers plats.
5°	Id.	Tænia.	

LOMBRICOÏDE. *Caractères extérieurs.* Corps cylindrique atténué aux deux extrémités, tête à trois tubercules, volume d'une plume à écrire, longueur de 6 à 12 pouces. couleur pale, rougeâtre, stries circulaires, coupées par quatre raies longitudinales; queue obtuse et conique. *Organisation intérieure.* Canal intestinal droit, long et sans renflement, fibres motrices circulaires et longitudinales; tube séminal plusieurs fois plus long que le corps terminé, par un pénis qui sort par l'anus. Chez la femelle , ovaire a deux branches, long de plusieurs pieds; ouverture unique, située vers le tiers antérieur de la longueur.

ASCARIDE. *Caractères extérieurs.* Corps cylindrique, fusiforme, grêle, atténué aux deux extrémités ; tête munie de deux vésicales latérales, transparentes; volume d'un fil ordinaire ; longueur de 2 à 4 lignes ; incolore, sautillant, à queue très déliée. *Organisation interne.* Canal intestinal avec renflement, organes de la génération composés de longs vaisseaux.

TRICCÉPHALE. *Caractères extérieurs.* Corps cylindrique, long, délié, tête fine, dépourvue de crochets ; queue épaisse, obtuse; volume d'un fin cheveu; longueur de 8 à 18 lignes, incolore, roulé en spirale, de sexes différents. *Organisation intérieure.* Tube intestinal; vaisseaux spermatique et ovaire trouvé plein d'œufs.

BOTRIOCÉPHALE. *Caractères extérieurs.* Corps applati , allongé, articulé; tête quadrangulaire , munie de 2 à 4 suçoirs opposés, proéminents en fome de petites trompes. *Organisation.* Ouvertures latérales , oblongues, articulations à bords minces , les antérieures en forme de rides, les moyennes plus larges que longues, les dernières presque carrées. Papille perforée existant sur les parties latérales de chaque articulation et nodosité sur la partie centrale de chacune. De u 2 à 45 pieds de longueur et de 3 à 6 lignes de large, cou recouvert de filaments lanugineux.

TÉNIA. *Caractères généraux.* Blanc, plat, mince, articulé et très long ; cou lisse ; quatre crochets autour de la bouche ; un seul pore sur le côté de chaque articulation ; très analogue au précédent.

SCIENCES MÉDICALES.

DES ALIMENTS CONSIDÉRÉS SOUS LE POINT DE VUE DE LEUR ACTION LOCALE SUR L'ESTOMAC.

Les aliments sont toutes les substances propres à nourrir l'économie, après avoir été ingérées dans le tube intestinal, où elles subissent une élaboration particulière. Mais le nom d'*aliment* est plutôt réservé aux solides, tandis que les liquides sont désignés sous celui de *boissons.*

La déglutition fait passer les aliments dans l'œsophage d'où ils sont poussés dans l'estomac à travers son ouverture cardiaque.

La première action qu'exerce le bol alimentaire sur l'estomac, est l'ampliation de cet organe : à mesure que de nouvelles quantités d'aliments arrivent dans sa cavité, ses parois sont de plus en plus écartées, la membrane muqueuse se déplisse, ses rides disparaissent la séreuse se développe également, la musculeuse seule éprouve une véritable distension. Cependant les parois de l'estomac ne demeurent pas passives, elles réagissent sur le bol alimentaire quelles pressent doucement, et sur lequel elles se contractent et s'appliquent d'autant plus exactement, que leur mode de sensibilité s'accomode mieux de la nature de l'aliment.

Le second effet de la présence des aliments sur la surface de l'estomac, est de déterminer une excitation locale, en vertu de laquelle le sang y afflue, une plus grande quantité de matériaux est fournie aux organes sécréteurs, qui, plus excités, les élaborent sur le champ, et versent aussitôt sur la masse alimentaire le produit de leur sécrétion, savoir : le mucus et le suc gastrique.

Ce n'est qu'en déterminant une semblable excitation physiologique que les assaisonnements, les vins généreux, les liqueurs, favorisent la digestion.

FIN.

Milton Keynes UK
Ingram Content Group UK Ltd.
UKHW032328221024
449917UK00004B/312

9 783385 094970